눈물은 바다로 간다

강은희 시집 **눈물은 바다로 간다**

1판 1쇄 펴낸날 2023년 9월 27일
지은이 강은희
발행처 (재)공주문화관광재단
펴낸이 이재무
기획위원 김춘식, 유성호, 이형권, 임지연, 홍용희
책임편집 박예솔
편집디자인 민성돈, 김지웅, 정영아
펴낸곳 (주)천년의시작
등록번호 제301-2012-033호
등록일자 2006년 1월 10일
주소 (03132) 서울시 종로구 삼일대로32길 36 운현신화타워 502호
전화 02-723-8668
팩스 02-723-8630
블로그 blog.naver.com/poemsijak
이메일 poemsijak@hanmail.net

ⓒ강은희, 2023, printed in Seoul, Korea

ISBN 978-89-6021-731-7 03810

값 11,000원

*본 도서는 (재)공주문화관광재단(대표이사: 이준원) 사업비로 제작되었으며, 「2023 공주
신진문학인」 선정 작품집입니다

눈물은 바다로 간다

강은희

천년의 시작

누군가의 시가 그랬듯
저도 누군가의 마음을 토닥이는
한 줄 문장이 되고 싶습니다

글은 곧 그 사람이라고 했습니다

좀 더디고 느리더라도
겸손하고 따뜻한 문장이 되겠습니다.

2023년 가을, 우성에서
강은희

차 례

시인의 말

제1부 사람 하나 환하다

제2부 저만치 미루어 둔 아침

제3부 별을 만나다

제1부 사람 하나 환하다

소문

잊지 못할 기억을 붙잡고 휘어지던 사람
이름을 걸어 놓아도 흔들리지 않던
불러 줄 이름도 불러 줄 사람도 없이
어느 날 바람이 되어 버린

뒷말이 되어 사는 일은
집과 집 사이 어둑한 그늘에
단단히 돌을 쌓아 만든 굴뚝 같았다

어른들의 세상이 궁금한
고만고만한 아이들이 둘러앉아
이야기 꾸러미를 풀어놓던 야릇한 오후

빈 굴뚝에 연기 피어오르면
아이들이 앉았던 자리에도 온기 오르고
풀어 놓았던 빈 옥수수 껍질 같은 이야기들도
아이들의 꿈속으로 방향을 튼다

속이 까맣던 굴뚝을 지나 하늘로 올라가던 생
그렇게 바람을 타고 사람들의 뒷말도 흩어졌다

어둠도 환할 수 있다

모퉁이 같은 사람
상처 속에 감춘
모서리의 각이 푸르다

허물어지는
바람의 그림자를 들여놓을 수 없어
바람을 닫고 어둠을 지폈다

모로 누운 산이 저녁을 더듬는 사이
내게로 들어선 별들의 자리가 빛난다

서늘해진 채 사람을 잃어 가던
초록은 한낮의 아우성처럼 짙어 갔다

말은 알맹이 없이 소리만 높아지고
진심은 풀어진 풀물처럼 뿌옇게 퍼져
아무에게도 마음 다하지 말라고
어둠이 모퉁이에 덧칠하고 있다

깜깜해진 채 뚜벅거리는 마음이
푸른 모서리를 문지르고 있다

어둠 속을 가만히 읽어 보면
빛이 난다,
어둠도 환할 수 있다

가을엔 상처가 없어도 아프다

젖은 빨래처럼 누웠다
이렇게 저렇게
몸을 굴려 자리를 잡는데
뼈 닿는 자리마다 붉은 꽃이 돈다

밥을 먹고
빈 그릇을 설거지통에 넣으러 간
남자는 돌아와 앉지 않았다
입에 넣은 밥은 까끌하고
식은 된장국에서 눈물 맛이 났다

고마운 일조차 어떤 날은 섭섭함이 되고

처음에 남이었던 사람
언젠가는 돌아가야 하는 시간을 살며
남이라는 말을 곧잘 잊곤 한다

지금은 잠시 쓸쓸함을 연습하는 시간

아무렇지 않게 잘 견디고 있다고
그렇게 믿고 가는 중이다

쉐프샤우엔*

내게서 달아나 버린 표정이
TV 속 파란 골목에 머물러 있다

그림자마저도 푸르게 따라올 것 같은
구불구불 휘어진 골목을 걷다가
술래를 찾듯 오래전 나를 만나고 싶다

누군가 찍어 준 사진 속의 낯선 표정
날지 못하는 숱한 변명이 숨어 있는 얼굴
순하디순한 사람을 헐뜯는 시선이
오후의 햇살을 다치게 하고 있었다

삶의 어디쯤에서 부딪친 생채기인지
표정은 오랫동안 소리 없이 굳어져
나도 모르는 사이 내 것이 되어 있었다

순간의 셔터가 놓쳐 버린 표정
한참 동안 잃어버린 나를 찾았다

마르하바 비캄**

벌겋게 타오르는 일몰의 하늘로
비행기 시간이 다가오고 있다

* 쉐프샤우엔: 모로코의 도시.
** 마르하바 비캄: 당신을 환영합니다.

당신의 저녁

풍경으로 걸린 바다가
테두리의 수직을 빠져나와 틈을 메운다
멀리 있던 수평이 하루의 목소리를 붉게 긋고
물결이랑 숨바꼭질하듯 무자맥질 중이다

오늘 당신은 어땠는지

팽팽했던 생의 중심에서
미늘처럼 쥔
당신 꿈으로의 복귀를 응원하고 있다

어둑한 문장으로 가득했던 날들이
버릴수록 맑아지는 걸 알았다

잔잔할수록 수평이 된다

어느 한쪽으로 기울어질 수 없는 당신은
세상이라는 문장에서 반듯하게 딛는 연습을 하고

꿈을 끌어들이는 저녁마저도 평화로웠다

봄밤

여기저기 돌돌돌 논물이 고이고

까만 자동차가 노란 꽃가루로
화장을 하던 즈음

한동안 달아나 버린 입맛은
남자의 정수리처럼 비어 있었다

오늘 저녁은 또
뭘 해 먹어야 하나
여자가 망설이고 있다가

속이 뽀얀 감자와
노랗고 빨간 파프리카를 넣어
매운맛 카레를 먹은 저녁이었다

하릴없이 흔들리는 소나무들의
멋쩍은 변명이 사방에서 웅성거리고 있었다

멈칫

물방울무늬 보랭 가방에
이것저것 챙겨 올라온 서울
지하철에서 내리다
발목을 잡혔다

스크린도어에 걸린 시 한 편

우두커니 기억을 앞장세운 날들이
출렁출렁 상처를 공감하고 있다

바람같이 빠져나간 사람들 사이에서
시를 놓은 나
혼자
갇힌 물처럼 남아 있었다

오랫동안 잊고 있던
간절함의 밑바닥을 축축하게 헤집어 놓는

스크린도어에 콕 박혀

나 같은 사람을 몇이나 불러 세웠을까
저 문장은

날

가파른 직선은
치명적으로 슬프다

수직의 날 선 말들이 허물어지는
이 나이쯤엔
높은 아파트의 직선을
누그러지게 읽는다

적당한 너그러움이 시선의 날 섬을 불리고

자꾸 선에 베이는 단어가
절뚝거리는 문장으로 다가와
어둑한 낯빛을 외면할 수 없다

가진 것 없는 품을 늘려
여리고 아픈 것들의 상처를 보듬고
세상의 그늘에 위로를 건넬 수 있는 건

사람의 온기다

불면

온종일 생각에 젖은 몸을 널어 물기를 빼는 시간
쪽빛 강물은 누구의 저녁을 넘어 여기까지 닿았는가

허둥거리는 세월이 바래진 머리칼을 쓸어 올리며
문득 하늘을 보았던 순간

쩽하고 빗금으로 가리어진 얼굴

너를 놓은 지 오래
사랑하였던가, 우리는

밤은 모질게 길어 한 입 베어 물어도 줄지 않고
자꾸만 유년의 눈부신 마당에
그리움의 닻을 내리고 있다

가만한 기억

섣부른 그리움은 늘 멀리서 피어나고

내가 모르는 누군가의 배경에는
온통 동백이 피어 있다

우리가 만나면 겨울 바다가 되는 거라고
한 번도 본 적 없는 겨울이
한 번도 만난 적 없는 바다에 뛰어내리고 있다

빨간 크리스마스카드 한 장이 전부였던

가끔은 혼자 붉어지는 동백처럼
닿지 않는 것일수록
더 오래 간직할 수 있었다

내가 모르는 누군가의 배경에서는
오늘도 가만히 동백이 핀다

마네킹

숱한 사람들 속에서 뻔히 아는 길을 놓치고
우두커니 서 있다
시간이 밀고 가는 또 다른 시간의 등

얼굴은 언제부터 어두운 그림자를 칠하고 있는 건지
간간이 들여다보는 거울
그 너머에서는 꽃이 지고 있었다

물속에 비친 저를 사랑하다 꽃이 된
수선화의 전설을 흠모하던 소녀는
오래전에 헐거워지고

꽃무늬 한가득 안고 거울 앞에 선 여자
털썩 주저앉고 싶은 봄이 되었다

그해 성내천 벚꽃길은 유난히 눈부셨다

눈물은 바다로 간다

누구나 하나쯤은 품고 산다
붉은 눈물로 단락 지은
홑겹의 상사

우리가 소리 없이 흘린 눈물은
멀리 둔 바다에서 찾을 수 있어
겹겹 파도를 뒤적여 볼 수도 있겠다

내 눈물도 거기 풀어진 채
이젠 햇살을 끌어안은 투명한 물빛으로
출렁이며 살 수 있겠다

슬플 땐 거기가 딱이에요
눈물 몇 방울 흘린다고
바다가 넘치겠어요

농담처럼 흘린 말이었지만
그냥 농담으로만 흘린 말은 아니었다

세상 어디에도 기댈 곳 없는 눈물이
상처 덧나지 않는 바다로 다시 태어나
우리의 슬픔을 다독이고 있다면

눈물이 바다로 가야 하는 이유, 거기 있겠다

잠시 더 고요하기

마신 기억 없이 비워진 커피잔에
어슷하게 저무는 산 그림자가 고입니다

막다른 집이 되어 사는 일은
침묵을 굳혀 달빛을 그리는 마음 같아서
간간이 글썽이는 것 외에도
쿠키를 부스러뜨려 먹는 손끝 같기도 합니다

풀들도 지루하게 키를 늘리는 오후와
눈자위 붉은 아침이 낯설지 않게 다가오는 것도
한참을 살아온 연륜 같은 거라고
애써 번지르르한 껍데기가 되고 싶은
낱말 사전의 형태입니다

어릴 때 기울어진 집은 끝내 주저앉은 채
어머니의 인생으로 묶여 가고
일어서는 일이 걷는 것보다 훨씬 어렵다는 기억은
나보다 먼 데 있는 당신이 더 잘 알고 있었습니다

나이 들어가며 습관처럼 되돌아보는 일들로
요즘도 자주 서늘해집니다
다만 무너지지 않으려는 안간힘으로
오늘은 조금 더 천천히 저물고 있습니다

Q270

오래된 차
외제 차 뒤에 서면서
조수석에 탄 내가 브레이크를 밟는다

그에게도 늘 가까이 가지 말라고
잔소리 닮은 당부를 한다
그럴 때마다 더 바짝 붙는 장난기

나이와 색깔만 다른 청개구리다

앞차 뒤 유리창에 붙은 문구 하나

밀림주의
수동차

나이 많은 Q270이 잠시 킥킥거리고 있었다

문자

구두 수선이 다 되었다는 문자가 왔다

금방은 어렵다던 오래는 딱 하루였다
정확히는 반 조금 넘은

문자에는 다소 미안함도 기웃거리고
정성 들였다는 마음도 묻어난다

문 앞 유리창에 구두 잘 고치는 사람이라고
자부심 가득한 소개말을 적어 놓은 이유리라

왠지 거기로 가면
미약한 내 뿌리로 가는 길까지도 감당이 될 것 같은
올곧고 단단한 구두가 되어 있을 것 같은

세상을 단단히 여미며 사는 사람을 만날 것 같은
문자 한 통이 날아왔다

마음이 먼저 구두를 신는다

사람 하나 환하다

이 집 빵이 맛있어서 멀리서 찾아왔다는 말에
주인 여자는 세 개나 든 크로켓 한 봉지를
만 원 이상 사은품처럼 챙겨 준다
차부에서 슈퍼 하시던 외숙모처럼 손이 넉넉하다
안에서 빵을 굽는 남편은 몰라야 하는 서비스

저녁 먹고 바로 하나 맛본 것이
하루 지나면 굳고 맛없다고
배부르다는 남자까지 가세시켜
한 봉지를 다 턴 것이

달밤에
달처럼 속이 부풀어
잠 깨어 있다

오랜만에 서글서글한 사람 하나
속이 더부룩하도록 내어 준 인심이
빵처럼 팽창하고 있다

제2부 저만치 미루어 둔 아침

혼잣말

날개를 다친 한 마리 새였다

선 곳에서 발을 떼면 허공이 되는 거라고
이소의 본능마저도 등 떠밀지 못하는 하루

먼 데는 더욱 멀어지고
잠잠해야 하는 날이 늘어만 갔다

별도 젖은 채 흔들리고
바람은 무심한 듯 지나갔지만
작은 꽃잎 흐트러진 뜨락을 보면
잠시 머물다 간 게 틀림없다

부를 수 없는 사람
불러도 올 수 없는 나라에 사는 이유로

상처에 고인 흔적
눈물이라 읽지는 않았다

가을하다

커피 내리는 사람의 어깨가 그리운
시월의 한가운데

나무는 나무라서 좋았겠다, 부러워했는데
오늘 본 나무의 어깨가 한쪽으로 기울어져
목덜미의 통증이 척추 아래까지 시리다

돌아앉을 수도 없는 생을 부러워했던 건가

깊이 파고들수록 단단할 거라고
누구든 함부로 할 수 없을 거라고
튼실한 뿌리 명패로 내걸고 사는 일

막다른 삶의 한편에는 더 머뭇거릴 시간이 없다
다음이 없는 생은 지금이 또 시작이고 끝이기에

오늘을 가을하며
내일은 또 내일을 가을하며
매일 또박또박 행복해지는 일만 남았다

당신을 본다

미용실 거울 속으로 낯익은 차가 보인다

눈이 펄펄 내리기 시작한 오후를
고스란히 맞고 서 있다

그 안의 정적이 습관처럼 묻어난다

바람에 쓸려 쏘다니는 눈송이들

잠시 머물렀다 사라질
그들의 문장을 털어 내지 않는

모질지 않은 사람 하나
거기 있다

장날

오일장이 서는 날이면 퇴직한 남자와
찹쌀 꽈배기 사 먹는 재미로 나간다

생선 가게에선 젊은 남자들이
싱싱한 목소리로 바다를 판다
불그죽죽 쫄깃해 보이는 오징어
통통하게 허리 굽은 대하
아침까지도 거기 있었을 것 같은 갈치

만 원어치 바다를 검은 봉지에 담고
한 개 오백 원 하는 찹쌀 꽈배기 가게에선
요즘 핫한 트로트가 흘러나와 발목을 잡고

지난번 시장 나들이 때 봐 두었던
구멍 숭숭한 신발도 한 켤레씩 샀다
새 신발 신으니 새신랑 같다는 아주머니 너스레에
머리 하얀 우리 부부가 웃고 말았다

흔적

남자의 이름 옆에
낭만이라는 단어를 썼다가 지웠다

아무리 생각해도
시적詩的이지 않은 남자를 견딘 이유는 침묵이었다

그는 입보다는 귀가 더 헌신적인 사람이다
쉽게 열리지 않는 입에서는
다듬어지지 않은 말들이 몇 번씩 구르고
엿기름에 삭은 단물처럼
누가 들어도 얹히지 않는 소량의 대답만 나왔다

시비를 피해 가는 아슬한 틈에는
뭉그러진 설렘과 오래전 추억이 메꿔져
하루하루가 지탱되어 가는 중이다

틈을 메우는 것은
번듯한 변명이 아니라 서로에 대한 흔적이었다

저만치 미루어 둔 아침

소주 다섯 병을 나누어 마신
그의 저녁이 초록빛으로 젖어 들었다
바스락거렸던 마음이 한참 동안 잠잠했다

어느새 가을처럼 나이 들어 있었고
빈 바다의 썰물처럼 밀려나 있었고
돌아갈 수 없는 행선지 주소처럼
아쉬운 시간이 그와 함께 앉아 있었다

닫히는 문은 저 혼자 소리를 키우고
앉은 사람들의 가슴속을 둥둥 치고 있었다

돌아와 앉은 저녁은 침묵보다 더 깊어지고
덩그러니 높이 매달린 거실 등 혼자 그의
어깨를 두드리며 환하게 밤을 밝히고 있었다

아직은 다 끝난 게 아니라고
저만치 미루어 둔 아침은
발끝까지 깊은 밤을 불러들였다

다시 시작하면 된다고
가슴을 두드리는 북소리를 들으며
그 밤은 잠시 글썽거렸다

낯선 여자

책장 몇 페이지를 넘기다 본
환하게 웃는 여자
오래전 나를 보는데도
처음 보았던 아라베스크 무늬처럼 낯설다

언제 적 시절이 거기 들어 있는지
나이 든 것 감추려는 수작 같아
얼굴이 후끈 달아오른다

어느 시점에 멈춰진
시간은 고장 난 초침에 맞춰진 듯
그날의 웃음이 고여 있다

이제는 그렇게 웃지 못하는 사람
소란한 일들이 쏟아 내는 세월의 틈새에 끼어
흔들리다 지치고 또 낡아 간다

늙는다는 것은 맛있게 익는 것이라지만
잘 익은 호박에게 더 어울릴 이야기

아직은 수수하게 웃는
냉이꽃 같은 사람이고 싶다

뿌듯

큰소리를 내 본 적 없는 그는
어색한 웃음 뒤로 물기 묻은 날들을 숨긴다

하루 온종일 묵묵히 밤을 까고 있다
단단한 것을 쥐고 세상의 소음을 닫고 있다

살아온 길이 울퉁불퉁하다
모퉁이를 돌면 어머니가 나오고
어머니의 그늘을 돌면 어린 그가 나왔다

세 살 아이는
양복 소매 가득 과자를 넣어 온
아버지 얼굴을 기억하지 못했다

아버지를 배우지 못한 채 아버지가 된

그리움의 가슴벽에 걸린 아버지를 닮는다는 건
그런 아버지를 닮았다는 건

문패를 달고 난 저녁 같은 마음이었다

새벽 한 시

초저녁잠에서 깨어
갈바람처럼 일어나 앉은 어머니

며느리가 두드리는 자판 소리를
TV로 조용히 줄이신다

쇼핑 호스트의 하이 톤이 어둠을 몰아내고 있다

수십 번은 더 보셨을 《전원일기》
재방송 채널을 찾으시나 보다

켜졌다 꺼지고 켜졌다 꺼지고

소슬한 어둠이
깜빡깜빡 커서에 갇혔다

눈길

바람이 하얗게 일어난다
오솔한 길 위로 쏟아져 내리는 눈꽃들
그의 어깨로 잔뜩 모여든다

한참을 앞서가는 남자의 등 뒤로
바람은 넘어오지 않았다

그림자를 보며 걷는 게 싫었다
말 없는 그의 뒤만 보는 게 싫었다

미끄러운 길에서 그가 멈춰 선다
아무 말 없이 내미는 손

다 내놓지 않아도 아는 것들이 있다
묻지 않아도 아는 것
굳이 알려고 하지 않아도 되는 것들이
바람을 막고 있는 것을
눈길에서 본다

쉼표

바람벽에서 밀려난 못 하나

가야 할 곳으로 시선이 굽어 있다

움직여지지 않는 하반신

이정표처럼 방향을 지탱하고

녹이 슬어 버린 온몸으로

바람의 소리를 듣는다

아무아무 개

사람들이 산의 속살을 밟아 길을 만들었다
집은 그 길을 따라오라 하고
마지못해 막다른 집이 되어 버렸다

앞산은 젖 물리던 어미 개를 닮았다
배와 다리가 포개진 어디쯤
밤과 아침과 바람이 닿아 있고
등허리 가장 큰 척추뼈 사이에서 별이 뜬다

달이 멀어진 거리만큼 식지 않는 낮의 숨소리
한밤중에도 잠들지 못하는 털북숭이 큰 개
어둠이 자꾸 묽어져 간다

꼬물거리던 것들이 하나둘 떠나고
검은 불면으로 움츠렸던 날들
오늘도 잘 살고 있느냐고 묻고 싶은 안부를
컹컹 젖은 하늘에 던지고 있다

새벽에 깨는 일

손에 쥔 것 없이 끄적거리다 저문 하루

쉼표를
아무 데나 찍지 말라는 말이 잠을 깨운다

꿈의 모퉁이에서
그네를 타고 멀리 날아가 닿는 말은
달리지 않았다는 이유로 낯설다

가끔 내가 한 번씩 숨 고르기를 하는 문장에서는
쨍하게 발작하는 단어조차 볼 수 없다

밤은 뒤척임을 반복할수록 하얀 낮빛으로 변하고
젖은 밤 향기로운 것들도 잠시 수줍어지는데

갓 지난 오월은
발정 난 고라니 울음소리를 한껏 키운다

갱년기

머윗대 껍질을 벗기고 있는 오후
꺾으면 약하게 부러지는 줄기

질긴 인연을 차마 놓지 못하고
길게 쫓아오는 흔적들
몇 번을 씻어도
지워지지 않는 얼룩처럼
손가락 끝마다 어둑한 네가 묻어나고

밤꽃 피는 골짜기마다 절정
이젠
이 비린 향기조차도
아무렇지 않은

들끓는 열정 식히면서
가끔 한 번씩 돌아보면
문득 그 시절 싱그럽던 내가 서 있다

나도 한때는 그랬더라

개구리 와릉와릉 울어 대는

진한 밤꽃 피는 밤

누수

사람들은 보이지 않는 곳을 보려 하지 않는다

어두컴컴한 곳
눈 맞춤이 두려운 것일까
비밀스러운 여러 겹의 상처들
찢어지거나 깨어진 채로 거기 살고 있다

들키지 않으려는
드러내지 않으려는 안간힘을 견디는 것은
오롯이 시간뿐이었다
그것도 완벽하지 않았다고 느꼈을 때는
이미 다 드러난 후였다

결코 투명할 수 없는 자국
오래 참은 빛깔로 삭아 든

내 이력의 먼 데 같은
알 것 같아도 달라지지 않는 지금처럼
어떤 것도 빈말처럼 돌아오지는 말라고

속을 문지르는 주문처럼

그렇게 오래 침전하다가
문득 깨어나 세상을 두드려 보는
상처들의 비명

구부러지다

나와 당신
이쪽과 저쪽을 연결합니다
간간이 그 사이에 끼어
오도 가도 못하기도 합니다

단단한 것들을 팽개치기도 하다가
불방망이로 두들겨 맞기도 합니다

편두통이 시작한 것이 아마 그쯤
당신 가슴에 곤두박질친 것도 아마

우리에게서 거두어진 못 하나
다 쓰고 버려질 것의 형상이 되었습니다

사람들이 못 쓰겠다고 말하는 것들을
오래전 대장간 아저씨는 중심을 두드려
반듯하게 펴 놓았습니다

구부러진 게 아니라

처음부터 구부러지지 않고 싶었던 마음을
잘 알고 있었습니다

오늘은 고향 집 면사무소 아래 있던
대장간을 찾아가
당신과 나를 한데 박을 수 있는
반듯한 못 하나 펴 오고 싶습니다

제3부 별을 만나다

한동안

밖이 보이지 않는 새벽

습관처럼 집어 든 그의 시집
한가운데쯤 머물러 얼굴을 묻었다
그의 삶 어디쯤에서 잠시 머물러 있고 싶었다

섣부름이란 말, 무렵이라는 말 내내
그 속에 잠겨 있고 싶었다

말린 표고버섯이 밀폐되지 않은 채
저 아닌 다른 것으로 돌아가고
있던 자리의 흔적을 지우는 것은
남아 있는 것들의 몫이다

바람을 바람으로 지우고
빛을 빛으로 지우는 일
사람을 사람으로 지우고
눈물을 눈물로 지우는 일

오래도록 그렇게 묻혀 있고 싶었다

바람의 내력

바람이 나뭇잎을 흔든다

앞면과 뒷면을 뒤집어 놓고
그림자였을 뒷면의 그늘을 말리고 있다

더러는 드러나기 싫어 스스로
그림자가 되기도 했다

글썽이는 것들이 한데 모여
서로의 사이에서 길게 눕는다

보이는 것은 언제나 밝았다
닿지 않을 거라서
손 뻗어 본 일 없는 하늘

허공에서 출렁거리다 날아가 버리는
나비 한 마리를 필사하며
꿈은 날개를 퍼덕이고 있었다

젖지 않는 날개를 가진 것들이
슬픔에 잠기지 않는 것처럼 보일 때
그게 다는 아니라고

다시 바람이 분다

맨발

문상 온 친구가 허탈하게 돌아갔다

어둠 속 물기까지 몰아내듯
괜찮다고 손사래를 쳤지만

누군가 새것을 알아보고는
바꿔 신고 간 모양이다

다른 이의 슬픔을 위로하러 와서
헌 신발을 개비해 가는 걸 보니
사는 게 영 녹록지 않은 듯

그냥 걷기도 힘든 세상
밑창 닳지 않은 새 신발이 필요했는가

좋은 길을 걸을 때
때로는 일부러 벗어 들기도 하니
맨발로 돌아가던 친구에게는
오래도록 편한 길이 이어지려나 보다

들키고 싶지 않은

핸드폰 속 앨범에는
돌아올 수 없는 것들이 남아 있다

꽃이 피던 날의 기억
그날의 순간들이 오래 머물러 있다

사람은 온데간데없고
꽃만 혼자 피어 있더라는 프로필

언제부턴가 나는 사진으로부터 멀어지고
나를 밀쳐 낸 꽃들의 자리만 늘어났다

진짜 속내는
사진 속의 꽃이고 싶은 것은 아니었나
늙지 않고 시들지 않는

게간장

간장을 끓인다

마지막까지 잡고 있던
집념 혹은 집착
작은 거품이었다가 분노로 끓어 넘치는
그의 생을 엿보고 있다

비린내를 잡으려는 생강과 술
단맛을 내려는 감초
매운 청양고추도 하나쯤

맛을 낸다는 것은
그저 덤덤하게 사는 일에
양념을 더하는 것

싱거운 날들에서 벗어나
한 번은 달착지근하게
한 번은 짭조름하게

비린 흔적 지우고

맛있게 살아 보는 일이다

가로등

어디서 본 듯한 얼굴로 저녁이 온다

생전 마르지 않을 것 같은
젖은 눈빛으로
구부러진 언덕길을 올라오는
당신의 그림자

여기서부터는
어둑하면 안 돼

금세 환한 얼굴이 되어 눈물을 훔친다

하지만
아무리 읽어도
당신의 하루는 다 저물지 못했다

축제

벚꽃이 지고 있었다

석촌호수 사거리
누군가 아는 얼굴이 나타날 때까지
고개를 숙인 채
거리에 날린 꽃잎의 마지막을 본다

마지막까지도 아름다울 수 있는

사람들은 모여들고
지는 꽃잎의 성대한 장례가 치러지고 있었다

밥솥

이사할 때는
밥솥이 먼저 들어가야 한다던 시어머니 말씀에
하루가 다 굳기 전 새집에 밥솥이 들어갔다

고단한 세상살이 밥 굶지 않고 사는 게 제일이지
힘겹게 돌아와서도 김이 모락모락 올라오는
구수한 밥 냄새에 허술한 속이 기운을 차리는

집집마다 밥 짓는 냄새로 산을 넘어가는 하루가 익을 때
누구네는 꽁치를 굽고 누구네는 냉이 넣은 된장이 끓고
그저 잘 익은 배추김치 한 포기 새로 꺼내는 게 다인
집도 있었다

닮은 얼굴들이 눈동자를 맞추며 모이는 저녁
달그락거리는 그릇들마저도 웃음이 새는 집에는
낡고 오래된 이야기가 툭툭 불거지고
마실 가고 싶은 노란 불빛이 자꾸 새어 나왔다

다시 돌아온 풍경 속에는

여럿이어도 혼자인 사람들이 하루를 끌고 돌아오느라
꼬리에 달린 빨간 불빛들이 거리를 메우고

예약 버튼이 눌러진 밥솥에서는 기차 연기처럼
칙칙 밥이 익어 가고 있었다

별을 만나다

그늘막이 하늘을 가린 뒤로
침대에 누워 별 보는 일을 놓쳤다

적막한 밤
쓸쓸함을 끌어안던 날캉한 빛들이
기억에서 가물거리고
별을 놓치고 얻어질 거라 생각했던 잠은
또박또박 적어 놓은 편지 첫 줄처럼 선명하다

손전등을 켜고 시를 읽는 밤
책 그림자를 지나 천장 가득 별이 모였다
누군가 손수레에 가득 실어다 뿌려 놓았나

온통 깜깜해졌을 때
작은 빛을 끌어안아 스스로 존재를 밝히는 반짝임
누가 챙겨 주지 않아도 누가 바라보지 않아도
혼자 토닥이며 견뎠을 몇 년의 시간이 미안해진다

이제야 시를 건너 나만의 별을 만났다

구절암

가을이 반쯤 묻어 있는 마른 길 위에
햇살이 나무의 그림자를 그리고 있다
사람들이 탄 차가 그림자를 밟고 떠나가고
뿌옇게 먼지가 일고 있다
한참 동안 사라지지 않는 뒷모습이다

큰 돌 위에 작은 돌 그 위에 더 작은 돌을 얹은
사람들의 간절함이 곳곳에 묻어 있다
땀인지 눈물인지 구절암 한구석에서 흘린 무엇
늙은 듯 무심히 서 있는 돌배나무 한 그루

내놓을 수 없는 말들이 간질거렸다

앞산들이 먼발치로 내려앉고
바람에 구절초 향기 흔들리고 있는 해 질 녘
사람들이 쌓은 돌처럼 가슴속으로
간절한 기도가 쌓이고 있었다

오래된 시집

낡은 책갈피 속

은행잎 한 장이
갈참나무 빛깔로 변해 버린 건

하루도 쉬지 않고 철썩인 파도 소리와
햇살에 졸아든 소금기 때문이다

몇 페이지 건너
단풍잎 한 장이
먹빛으로 변해 버린 건

노을보다 붉은 그리움의 냇내와
안으로 부딪치는 상처 때문이다

삼천 원어치의 바다는
오늘도 출렁거린다
어떤 날은 눈물로
어떤 날은 바람으로

꽃물

이름 하나를 감당하고 산다는 게
쉬운 일이 아니라는 걸
자판을 또각거리며 사막으로 가는
한 마리 낙타가 알려 준다

부르지 않는 이름 하나를 갖고
이제 불러 줄 따뜻한 사람이 없는 세상을
간혹 하나씩 건너뛰는 받침들을 따라
겅정거리는 걸음을 걷는다

모란이 피고 있었다
침묵한 채 십 년 넘게 혼자 버티던

그저 담담하게 살다 가겠다던 그녀에게
처음으로 꽃물이 들고 있었다

터미널

어떤 날은 설렘으로
때로는 젖은 눈빛의 사람들이
잠시 바람처럼 머물다 가는 곳

대천 가는 젊은이들은
신나서 들썩거리는 몇 개의 박스를 들고
발가락 나온 슬리퍼를 끌고 간다

곧 마주할 바다
버스가 출발도 하기 전 대합실엔
파도를 물고 온 갈매기가 끼룩거린다

젊은 날을 지나온 나는
약국에서 청심환 하나를 마시고
차에 오른다

젊음이 가는 방향과
내가 가는 방향은 다르다

젊은이는 자유로움 속으로
웃음을 들고 가고
어른 노릇을 해야 하는 나는
장례식장으로
부의금을 들고 간다

다음

까슬한 아침이 넘어오는 산등성이
아무리 눈을 맞춰도 사람 하나 넘어오지 않는
저 하얀 가지들 사이로 바람만 무성합니다
저희들끼리 살 비비며 숲이 되어 사는 일이
정말 외롭지도 슬프지도 않은 것일까요

언제부턴가 나무 한 그루 자라는 일이
예사롭게 보이지 않는 것은
내가 알지 못하는 세상에서
무엇이 심어지기에
한참을 지나 이 숲을 볼 수 있는 걸까요

슬픈 일상을 심으면 무엇이 되는 걸까요
하얀 자작나무는 누구의 눈물일까요
땅으로 돌아간 이들은 무엇이 되어
다음이 되는 걸까요

나는 무엇의 다음이었기에
이렇게 자꾸 바람이 되어 가는 걸까요

젖은 별 하나 뜨는 밤에도 잠들지 못하고

고스란히 그 글썽거림에 감염이 되는 걸까요

다시 사는 법

꽃이 핀다거나
버섯이 자란다거나

살아 있던 날의 기억은 물에 젖는다

마른 것 하나가 지루한 채
제 모습을 지우고 있다

무엇인가 잔뜩 슬어 놓은

삶은
이것에서 저것으로 탈바꿈 중이다

제4부 실연

질문

잠시 표를 확인하겠습니다
여기는 바람의 지정석입니다
두어 칸 뒤 창문 옆으로 이동해 주시기 바랍니다

햇살은 아무 말 없이 두어 칸 뒤로 옮겨 갔다
바람의 지정석은 비어 있었다
기차가 출발하고 빈자리에 머문 그늘을 본다

한 번도 떠나 본 적 없는 여행이었다
젊어서는 어린것들 키우느라 그랬을 것이고
나이 들어서는 앓느라 겨를이 없었을 것이다
더 늙어서는 일어설 기운조차 없었으니

마지막 기찻길을 돌아가서는
가뿐하게 다닐 수 있을 거라고 믿었다
세상에서 가장 아픈 질문이 던져지고 있었다

우리가 함께 기차를 타 본 적이 있었던가

슬픔에 익숙해지지 않기

반쯤 허물어진 달이
당신 창가로 뛰어들었을 때
하얗게 부서지는 포말을 보았다

어둠이 건져 올린
바다, 그물 사이를 빠져나와
숨죽인 채 글썽거린 한 생의 파편

와르르 쏟다가
허물어지듯 자기의 끝을
말갛게 헹궈 내는
일요일 저녁처럼

또, 라는 말 대신
다시, 라는 말을 더 사랑하는 사람으로

수평

밤새 어둠 속을 들락거린 바다는
더 싱싱한 아침으로 다가온다

갓 건진 아침의 살빛
갈매기와 조개껍데기와 모래가
서로 합심하여 희고

오늘은 눈부시기에 충분하다
늙지 않아도 좋을 시간이 함께 담긴다

치우치지 않을수록 완만해지는 경사
수직은 젖을수록 날카로워지고 높을수록 위험하기에
멀리 있어도 좋을 사람에게 바다는
지극히 수평적이다

오늘도 바다는
싱싱한 채 잔잔하고 싶은 하루를 간다

밤꽃

여기저기 밤꽃이 피기 시작했다

귀를 대고 엿듣던 소문이 사라지자
그림자의 행선지도 아득해졌다

꽃은 꽃으로 피어나 보고
나무는 나무로 살아 봤으니
더 큰 욕심은 없을 거라고

저녁으로 기우는 등 굽은 산이 머뭇거리고
바닥을 벗어나고 싶은 꿈을 떨구지 못한 하루가
괜한 헛발질로 마른땅을 헤집을 때

뜨거운 바다를 건너온 별 하나
열뜬 얼굴로 긴 손가락을 펴 보인다

그 끝에는
아직 다 지지 못한 노을이 기다리고 있다

저녁을 끓이다

바다 쪽으로 그네를 타는 아이들은
바람을 밀어 하늘로 붕 떠올랐다가
까르륵 갈매기로 돌아오곤 했다

어떤 날은
새우깡 한 봉지를 통째로 물고
통쾌한 해적이 되어 돌아왔다

동네 강아지들은 아이들의 발아래 모여
부풀려진 허세의 부스러기를 먹는다

빨갛게 해 저무는 바다에
적셔 먹으면 더 맛있을 거라고
다음엔 저녁 즈음에 다녀와야겠다고
다짐처럼 들리는 약속을 남발하고 있다

바다엔 고춧가루를 풀어 넣은 하루가
보글보글 끓고 있었다

선운사

고창 선운사
꽃무릇 피었다고
보내온 사진 속이 활활 타오른다

해마다 꽃은 돌아오는데
돌아올 수 없는 사람
놓아 버린 바람처럼 아득하다

내게도
동백 보는 일을 놓치고
그 마음 붉은 채 몇 년을 간 적 있다

약속된 것들은
해마다 돌아오는데
꽃은 몇 번을 더 돌아올 수 있을지

그때의 그 사람이 오는 게 아닌 것처럼
꽃 또한 그렇게 돌아오지는 못할 거라고
애써 태연하고 싶은 날들이
잠잠히 저물어 간다

좋은 날

여기보다 좋은 곳 있을까

지금보다 좋은 순간 있을까

당신보다 좋은 사람 있을까

개미취

청보랏빛으로 흔들린다
하늘은 파란 물결로 찰랑거리고

빈집 가득 환하게
사람 대신 향기를 내어놓는
아늑한 접대

오라는 사람 없이
흘끔거리는 마음이 자꾸 닿는

두어 걸음 떨어져 바라보는 애틋함이
오래갈 것 같은 가을

혼자 두어도 변하지 않는 기억처럼
내 안의 당신도 그렇게 남아 있다

오룡역

현충원역에서 지하철을 타고 오룡역으로 간다
몇 개의 역을 거쳐 와 나를 싣고 가는
지나온 역마다 파란불이 켜져 있다

시간의 마디마디 옹이를 남기고
기억의 굽이마다 딱지가 남았다고
그래서 내 삶이 환하지 않았다고 생각했다

사월은 눈부시게 빛나고
후우 꽃잎을 불어 봄이던 날
함께 빛나는 눈동자가 있었다

나를 무엇이 되게 한 사람들
내가 무엇이 되어야 했던 순간들

어려운 순간마다 흔들렸지만
또박또박 써 내려간 삶에 정답은 없었다

아직 닿지 않은 역은 노란불이다
내려야 할 곳이 점점 가까워지고 있다

한 번은

말갛게 쓸어 놓은 토방 위
아버지가 벗어 놓은 구두
가지런히 돌려놓고
마른 헝겊에 침 퉤퉤 뱉으며
반짝반짝 광내는 흉내 내고 싶었다

문살 넘어온 햇살 사이로
그림자놀이를 하는 한낮
강물처럼 흘러가는 시계 초침
흔들리는 삶의 추를 붙잡아 놓고 싶었다

어허야 딸랑 어허야 딸랑

말소리조차 들리지 않는 꿈속
끝내 주인 없는 구두 속으로
희미해진 얼굴이 자꾸 어른거렸다

마침표

밤새 물러진 지구의 한편을 딛자
기우뚱
그의 모든 날이 쏟아지고 있다

흔들리는 중심
가랑잎처럼 가벼워진 후유증이다

그의 구두가 다 닳았다
모로 누워 눈을 감은 채

가을이 침몰하고 있었다

울음

인적 없이 사는 집에서는

가끔 사이렌처럼
큰 개들이 울 때가 있다

통이 깊은 그 울음은
온 산과 숲을 흔들고
가끔은 별들이 흔들릴 때도 있었다

사람의 목소리를 들려주는 것만으로도
금세 울음이 그치는 울음이다

나도 한 번은 그렇게
목 놓아 울어 보고 싶었다

그런 것처럼

산다는 것은
때로 휘는 일이기도 하지

늙은 버드나무 밑동이
살아 내기 위해 이렇게 저렇게
휘어져야 했듯이

휘돌아 흐르는 강물이
옆구리를 비틀어
길을 잡아 가야 했듯이

옹이마다 뜨거운 눈물이 덮이고
흐를 수 없는 눈앞의 어지러움
견디고 가는 것이 사는 거라고

곧게 크는 나무만 잘 자랐다고 할 수 없듯이
크고 반듯한 강물만 좋다고 할 수 없듯이

때로 알면서도 휘어지는 나를 견디는 일이
틀렸다고 말할 수 없듯이

바람이 분다

풀들이 짝다리로 서서
건들거린다

이런 날
마음도 그렇게 서 보면 어떨까
날릴 것은 날려 보고
흔들릴 것은 흔들려도 보고
그다음에 남겨지는 몇 가지
그것도 무거우면 또 한번
바람 불어야지

살면서 허물어지는 마음
바스러져 내린 자리에
물기 섞어 울어 주는 이 있다면
조금은 덜 힘들려나

바람 부는 날
마른 것들은 다 날려 보내고
아직 젖은 그 무엇 몇은

다시 데리고 들어와
또 뜨겁게 살아 봐야 한다

실연

수캐가 차였다

컹컹 짖을 때마다

어둑해진 산등성이가

한 뼘씩

주저앉았다

눈물은 바다로 간다
—해설을 겸한 발문

김상렬(소설가)

자연스럽다는 것의 의미

내가 글을 쓸 때나 남의 작품을 읽을 때 가장 중요하게 여기는 덕목은 뭐니 뭐니 해도 그 문장과 전체 맥락의 자연스러움이다. 구성이 어떻고 주제가 무엇인가 등의 문제는 일단 조심스럽게 뒤로 밀어 두고, 글 속에 담긴 전체 흐름과 내용이 얼마나 참되고 자연스럽게 유려한 필치로 그려졌는가를 먼저 따져 본다는 말이다. 자연은 모름지기 거짓말을 않기 때문이다.

자연은 우선 일부러 꾸미거나 화장하지 않는다. 누구를 샘내어 뽐내지 않으면서 철 따라 잎 나고 꽃 피고 열매 맺는다.

절로 아름답다. 그리하여 자연은 무조건 우리 인간을 포함한 뭇 생명에게 뭐든 주고 또 퍼 줄 따름이다. 그 어떤 보상을 요구하지도 않고, 아무런 말도 없이. 자연은 그렇게 한없이 덕스러우면서 겸손하다. 하지만 한번 순리와 법도에 어긋난다 싶으면 실로 무시무시한 재앙의 채찍으로 엄벌한다.

글은 곧 그 사람이라고 했다. 그 사람의 평소 생각이나 철학, 지식, 품격, 창조성, 분위기, 몸가짐, 말버릇과 걸음걸이마저도 액면 그대로 글의 내용이나 행간 속에 곰비임비 녹아들게 마련이어서 그렇다. 그가 써 내려간 글의 핵심과 문장력, 그 얼개나 다루는 솜씨는 물론, 자주 사용하는 어휘 몇 가지만 대충 훑어봐도, 어지간히 독해력이 갖춰진 이라면 단박에 그 모든 것을 눈치챌 수 있거니와, 그중에서도 가장 우선시되는 조건은 다름 아닌 '자연스러움'이 아닐 수 없다.

이와 같은 결과는 물론 하루아침에 얻어지는 게 아니다. 타고난 재능과 물이나 불 같은 원융무애의 성격 위에, 오랜 시련의 피나는 반복 학습이 제대로 보태어져야 가능하다는 사실은 두말할 필요가 없겠다. 이번에 읽은 강은희의 시집 「눈물은 바다로 간다」가 그 좋은 예가 아닐까 싶다.

　　모퉁이 같은 사람

　　상처 속에 감춘

　　모서리의 각이 푸르다

허물어지는

바람의 그림자를 들여놓을 수 없어

바람을 닫고 어둠을 지폈다

모로 누운 산이 저녁을 더듬는 사이

내게로 들어선 별들의 자리가 빛난다

—「어둠도 환할 수 있다」부분

세련된 문장의 배열이나 이미지의 처리가 이리 매끄럽고 자연스러울 수가 없다. 시집을 처음 내보내는 신인이라고는 쉬 믿기지 않을 정도이다. 어휘 하나를 붙잡고도 불면의 밤과 씨름하는 모습이 눈에 보일 듯 선명한데, 가령 「가을엔 상처가 없어도 아프다」속 "젖은 빨래처럼 누웠다/ 이렇게 저렇게/ 몸을 굴려 자리를 잡는데/ 뼈 닿는 자리마다 붉은 꽃이 돋는다"라든가, 「당신의 저녁」중 "풍경으로 걸린 바다가/ 테두리의 수직을 빠져나와 틈을 메운다/ 멀리 있던 수평이 하루의 목소리를 붉게 긋고/ 물결이랑 숨바꼭질하듯 무자맥질 중이다" 하는 대목에서, 신산한 일상을 살아가는 인간에 대한 따뜻한 시선과 함께, 작품을 빚어내는 데에서의 날카로운 통찰력이 손에 잡힐 듯 다가온다. 강은희는 그만큼 문학과 삶의 '자연스러움'이 몸에 익숙하게 배어 있거니와, 현재 살고 있는 주변 환경이 산속의 숲이라는 조건도 상당한 영향이 있으리라 여겨진다.

하지만 시인은 결코 거기에 갇혀 있거나 안주하지 않는다. 아리스토텔레스는 일찍이 '시는 자연의 모방이다'라고 갈파한 바 있는데, 그와 동시에 '모든 예술의 기원은 현실의 모방이다'라고도 힘주어 강조했다. 순수한 정신의 바탕 위에서 현실을 바라보고, 그 속에 깊숙이 침투해 함께 참여하라는 의미 또한 폭넓게 함의하고 있다고 하겠다. 다음과 같은 작품이 이를 적절히 잘 대변한다.

가파른 직선은
치명적으로 슬프다

수직의 날 선 말들이 허물어지는
이 나이쯤엔
높은 아파트의 직선을
누그러지게 읽는다

적당한 너그러움이 시선의 날 섬을 불리고

자꾸 선에 베이는 단어가
절뚝거리는 문장으로 다가와
어둑한 낯빛을 외면할 수 없다

가진 것 없는 품을 늘려

여리고 아픈 것들의 상처를 보듬고
세상의 그늘에 위로를 건넬 수 있는 건

사람의 온기다

　　　　　　　　　　　　　　　　　　—「날」 전문

　세상을 바라보는 시선이 꽤나 냉정하면서도 참 따뜻하게 다가오는 걸 느낀다. 차가운 직선을 부드러운 곡선으로 휘게 만드는 온정이 시인의 품성에는 깃들어 있다. 여기에서의 '날'은 물론 날카로운 칼날의 직선을 비유적으로 표현하는 것이겠지만, '길이 아주 잘 들어 익숙해진 짓이나 버릇'이라는 의미도 함께 내포하고 있는 걸 보면, 강은희의 심성은 본디 따뜻함에 아주 잘 길들여져 있는 듯싶기도 하다.

　인간과 사물에 대한 온정의 시선은 작품 창작에 있어서 매우 큰 자산이 아닐 수 없는데, 거기에 더욱 중요한 덕목인 균형감각까지 더불어 겸비하고 있어 앞으로의 가능성을 아주 밝게 한다. '시인은 누구나 어느 한 시대에 소속된다'는 드라이든의 말처럼, 어둡고 불의한 현실에는 결코 침묵하거나 눈 감지 않으면서 문학 또는 예술의 본령을, 그 격조 높은 순수성을 잃지 않은 전제가 넉넉히 충족되는 조건이라면 말이다.

　시인은 우선 맑아야 한다.

　시인은 밝고 투명해야 한다. 외로움을 두려워하지 않으면서 어떤 이념이나 확증 편향에 함부로 휩쓸리지 않아야 한다.

그리고 아름답고 뜨거워야 한다.

글 농사에서의 가지치기

한 알의 쌀알이 만들어지기까지 무려 여든여덟 번의 손
이 간다는 '쌀 미米' 자의 제자 내력을 음미한다면, 글 농사
에서의 가지치기나 잡초, 해충 퇴치의 어려움, 또는 그 중
요성도 너끈히 짐작할 수 있을 터이다. 거기에 적당한 햇빛
과 물과 바람이 기름진 흙 기운과 함께 곰비임비 섞이고 보
태어져야, 쌀은 하나의 완성된 곡식으로 절묘하고 자연스럽
게 빚어진다.

그리하여 참된 글쓰기는 그침 없는 가지치기와 고쳐쓰기
의 연속일 수밖에 없다. 병들고 불필요한 낱말은 과감히 솎
아 내고, 그 빈자리에 꼭 합당한 어휘와 문장으로 새로이 고
쳐 넣는 걸 반복하는 것이다. 그래야 비로소 독자가 감동할
수 있는 속이 꽉 찬 작품이 만들어진다. 기사체 단문으로 유
명한 헤밍웨이도『무기여 잘 있거라』의 첫 장을 무려 50번도
더 넘게 고쳐 썼다지 않은가. 하물며 단 한 단어, 한 문장도
허투루 쓸 수 없는 정문일침頂門一針의 시에 있어서랴. 비슷한
작품을 열 편 무리하게 빚어내는 것보다, 한 작품을 열 번 애
면글면 고쳐 쓰라는 말은 그래서 여전히 유효하다.

누구나 하나쯤은 품고 산다
붉은 눈물로 단락 지은
홑겹의 상사

우리가 소리 없이 흘린 눈물은
멀리 둔 바다에서 찾을 수 있어
겹겹 파도를 뒤적여 볼 수도 있겠다

내 눈물도 거기 풀어진 채
이젠 햇살을 끌어안은 투명한 물빛으로
출렁이며 살 수 있겠다

슬플 땐 거기가 딱이에요
눈물 몇 방울 흘린다고
바다가 넘치겠어요

농담처럼 흘린 말이었지만
그냥 농담으로만 흘린 말은 아니었다

세상 어디에도 기댈 곳 없는 눈물이
상처 덧나지 않는 바다로 다시 태어나
우리의 슬픔을 다독이고 있다면

눈물이 바다로 가야 하는 이유, 거기 있겠다

                         ―「눈물은 바다로 간다」 전문

  이 당찬 작품을 읽으면 이 시인의 지향점이 어디로 설정되어 있는지를 대강은 엿볼 수 있다. 시련과 분노, 온갖 갈등으로 점철된 복잡한 세상사에서 우리가 흘리는 눈물은 어쩌면 당연한 업보일지 모르지만, 그럼에도 그 모든 애증을 바다처럼 감싸고 씻어 내 주는 게 다름 아닌 눈물의 작용이며 효능일 터. 시인은 바로 그 넓은 용서와 화해의 용광로 같은 세계로 나아가고자 하는 게 아니겠는가.

  하지만 그 표현에서는 몇몇 대목의 가지치기가 필요해 보인다. "붉은 눈물로 단락 지은/ 홑겹의 상사"에서 "홑겹의 상사"가 무슨 의미를 내포하고 있는지 도무지 감이 잡히지 않고, "농담처럼 흘린 말이었지만/ 그냥 농담으로만 흘린 말은 아니었다"고 별다른 감흥이 일지 않는 문장을 중언부언 되풀이함으로써 아까운 다른 문장을 잠식해 버리는가 하면, "슬플 땐 거기가 딱이에요"에서의 '딱'이라는 상투어 표현도 그리 적절해 보이지는 않는다. 시어詩語는 그만큼 잘 벼리고 정제된 칼날이어야 한다는 뜻이다.

커피 내리는 사람의 어깨가 그리운

시월의 한가운데

나무는 나무라서 좋았겠다, 부러워했는데
오늘 본 나무의 어깨가 한쪽으로 기울어져
목덜미의 통증이 척추 아래까지 시리다

돌아앉을 수도 없는 생을 부러워했던 건가

―「가을하다」 부분

가을을 타는 사람의 어깨를 그리워하는 이 시에서는 '생'
이라는 구투 어린 어휘가 너무 빈번히 사용된다는 점 빼놓
고는, 아주 잘 벼린 감성을 에누리 없이 보여 준다. '가을하
다'라는 조금은 생소한 언어의 조합도 절묘하게 맞아떨어지
고 있다.

치유로서의 문학 숲 이루길

우리는 지금까지 강은희의 시집 「눈물은 바다로 간다」를
통해 이런저런 탐색의 길을 함께 걸어왔지만, 그의 시의 세
계는 아무래도 다시금 '자연'으로 귀결될 수밖에 없다. 그만
큼 지금 살고 있는 곳이 이 시인의 삶과 정서에 절대적으로
영향을 미친다는 점이다. 지기地氣가 곧 그 사람을 빨아들인
다는 의미이기도 하거니와, 또한 그 사람이 스스로 몸담고
있는 땅과 하늘, 자연 속에 동화되는 물아일체의 풍경을 자

주목도한다. 그래서 그런지 강은희의 시에서는 유난히 자연
계의 현상이라든가 나무나 들꽃, 열매, 짐승, 산새들의 지저
귐이 자주 등장한다. 가령,

> 바람이 하얗게 일어난다
> 오솔한 길 위로 쏟아져 내리는 눈꽃들
> 그의 어깨로 잔뜩 모여든다
>
> 한참을 앞서가는 남자의 등 뒤로
> 바람은 넘어오지 않았다
>
> ―「눈길」부분

> 앞산은 젖 물리던 어미 개를 닮았다
> 배와 다리가 포개진 어디쯤
> 밤과 아침과 바람이 닿아 있고
> 등허리 가장 큰 척추뼈 사이에서 별이 뜬다
>
> ―「아무아무 개」부분

위 두 편의 작품에서 보는 바와 같이, 바람과 눈꽃이 오
솔한 길 위로 쏟아져 내리고, 밤과 아침과 바람이 닿아 있는
척추뼈 사이로 별이 뜨기도 한다. 「새벽에 깨는 일」에서는
"갓 지난 오월은/ 발정 난 고라니 울음소리를 한껏 키운다"
가 나오고, 부질없이 나이 들어 가는 「갱년기」에선 질긴 인

연을 차마 놓지 못하는 손톱에 얼룩을 남기는 머윗대와 함께, "개구리 와릉와릉 울어 대는/ 진한 밤꽃 피는 밤"이 실감나게 그려진다. 「오래된 시집」에서는 또 "은행잎 한 장이/ 갈참나무 빛깔로 변해 버린 건// 하루도 쉬지 않고 철썩인 파도 소리와/ 햇살에 졸아든 소금기 때문이다"로 묘사되고, 산통보다 더 힘들고 어려운 창작의 길에서 만나는 그 외로운 슬픔과 기쁨을 꽃물에 비유한 다음과 같은 작품에선, 그 상징성이 활짝 개화한 듯한 감흥을 불러일으킨다.

이름 하나를 감당하고 산다는 게
쉬운 일이 아니라는 걸
자판을 또각거리며 사막으로 가는
한 마리 낙타가 알려 준다

부르지 않는 이름 하나를 갖고
이제 불러 줄 따뜻한 사람이 없는 세상을
간혹 하나씩 건너뛰는 받침들을 따라
겅정거리는 걸음을 걷는다

모란이 피고 있었다
침묵한 채 십 년 넘게 혼자 버티던

그저 담담하게 살다 가겠다던 그녀에게

처음으로 꽃물이 들고 있었다

—「꽃물」 전문

그 다음에는 또 무엇이 오는가. 꽃과 들풀, 나무들이 한데 엮이고 온갖 들짐승과 벌, 나비, 산새들이 날아드는 숲이다. 비와 바람과 햇빛이 더불어 섞여 들어와 춤추는 울창한 숲이 만들어진다.

까슬한 아침이 넘어오는 산등성이
아무리 눈을 맞춰도 사람 하나 넘어오지 않는
저 하얀 가지들 사이로 바람만 무성합니다
저희들끼리 살 비비며 숲이 되어 사는 일이
정말 외롭지도 슬프지도 않은 것일까요

언제부턴가 나무 한 그루 자라는 일이
예사롭게 보이지 않는 것은
내가 알지 못하는 세상에서
무엇이 심어지기에
한참을 지나 이 숲을 볼 수 있는 걸까요

슬픈 일상을 심으면 무엇이 되는 걸까요
하얀 자작나무는 누구의 눈물일까요
땅으로 돌아간 이들은 무엇이 되어

다음이 되는 걸까요

나는 무엇의 다음이었기에
이렇게 자꾸 바람이 되어 가는 걸까요
젖은 별 하나 뜨는 밤에도 잠들지 못하고
고스란히 그 글썽거림에 감염이 되는 걸까요

—「다음」 전문

하지만 이 시집에서의 절창은 뭐니 뭐니 해도 「실연」이라는 짧은 작품일 터이다. 아무리 많은 시집을 낸 유명하고 격조 있는 원로 시인이라 할지라도, 일반 독자가 그를 기억하는 건 단 몇 줄의 명구일 수밖에 없다.

가령 미당의 "한 송이 국화꽃을 피우기 위해/ 봄부터 소쩍새는 그렇게 울었나 보다"라든가 목월의 "구름에 달 가듯이/ 가는 나그네" 하면 대개는 그걸로 끝인 경우 말이다. 꽤 오래전 나태주 선생님을 만났을 때 이와 같은 소회를 피력한 적이 있는데, 당신이 쓸쓸히 웃으며 화답한 지 얼마 안 있어, 쉽고도 짧은 단문의 당신의 「풀꽃」은 전국으로 훨훨 인구에 회자되어 날아다녔다.

거기까지는 감히 미치지 못할지라도, 강은희의 몇 줄 안 되는 「실연」 또한 꽤나 상큼한 느낌으로 독자들에게 단박에 다가오리라 여겨진다. 여기에 그 전문을 옮겨 적바림해 본다.

수캐가 차였다

컹컹 짖을 때마다

어둑해진 산등성이가

한 뼘씩

주저앉았다